L'homme de septembre

Francis Dannemark

L'homme
de septembre

roman

Chris De Becker
Yves Fonck

« Carnets Littéraires »

ESTUAIRE

Comité éditorial de la collection « Carnets Littéraires » :
Francis Dannemark, Chris De Becker,
Didier Platteau et Régine Vandamme.

Texte
Francis Dannemark

Illustrations
Chris De Becker

Photos
Yves Fonck

Graphisme
Delights sprl

ISBN 2-87443-000-5

These golden days I'll spend with you.
K. Weill & M. Anderson, *September Song.*

Sans l'amitié de Cécile Wajsbrot
et de Xavier Hanotte, ce roman n'existerait pas.
Merci aussi à Joëlle Carpentier, Erna Metdepenninghen,
Andrea Suhm-Binder et Etienne Marin.

F.D.

Pour mes fils,
Noé, Lucas et Thomas.

Des orages, il y en avait, mais peu, mais loin.

1.

Palais des glaces mais pas ça, pas l'été, pas l'été… Une petite voix dans un pli froissé de son esprit répétait ces mots comme ceux d'une chanson qui s'entête à revenir bien qu'on ne l'ait pas invitée. Il s'appelait Philippe. Depuis presque un demi-siècle. Mais comme tous les matins, à la frontière exacte du sommeil et du réveil, il n'en savait rien, il n'était pas différent des personnages qui peuplent les rêves, pas différent des humains déterminés ou fragiles qui l'avaient précédé, hommes et femmes vaguement perdus, résolument tendres ou passionnés, distraits, effacés ou lumineux, étonnés de vivre ou vivant par la force des choses, non, il ne savait rien, il pressentait simplement qu'il allait falloir revenir dans ce corps qui avait mal au dos, et ouvrir les yeux, et se lever.

Alors il ouvrit les yeux. Il n'était pas encore 7 heures du matin mais la lumière qui s'infiltrait dans la chambre entre les lattes un peu disjointes des volets était vive. Trop vive. La chaleur ne s'était guère dissipée durant la nuit. Pas de vent. Mais il se rappela qu'il avait quitté la ville, où la canicule de juillet avait rebondi sur le mois d'août avec une force redoublée. Ici, c'était presque la campagne, une poignée de villas anciennes distribuées dans le désordre autour d'une rue sinueuse dont les pavés irréguliers faisaient office de ralentisseur naturel.

Avant de se lever, il resta assis un moment au bord du lit, avala l'eau tiède du verre posé sur la table de nuit et alluma une cigarette. La douleur dans son dos et ses épaules ankylosés lui dessina des rides sur le visage. Mesurer ses mouvements, tourner lentement la tête à gauche, à droite. Enfiler un short, descendre les escaliers. Les volets baissés et les rideaux tirés laissaient le jour se débrouiller tout seul dehors. Il dut aller jusqu'à la cuisine pour voir la lumière en face. Par la porte ouverte, il aperçut les trois gardiens de la maison au garde-à-vous dans le jardin, près de la terrasse : le chat de pierre taillée au milieu, flanqué de deux chats tigrés, dont l'un clignait de l'œil en le regardant. Nous voilà quatre pour garder les lieux, se dit-il en cherchant du regard le cahier où Sophie avait soigneusement répertorié les tâches qui lui incomberaient durant son séjour.

Il le lut entièrement en buvant du thé à petites gorgées. Combien de temps Sophie avait-elle consacré à préparer ce cahier? Les tâches étaient décrites de façon précise et accompagnées de notes explicatives détaillées; des plans et des croquis tracés avec élégance complétaient les notes et donnaient au cahier l'allure d'un récit de voyage à l'ancienne. Plus tard, plongé dans un bain à peine tiède, il se rendit compte que c'était une chance pour lui que d'avoir à veiller sur ce petit monde, sur ces fleurs et ces arbustes, sur les chats, les lapins nains et le mainate (muet, était-il précisé dans le cahier), sur les poissons exotiques et sur les phasmes, ces insectes étranges qui ressemblent à des feuilles ou à des branches et qui peuvent rester immobiles durant des heures dans n'importe quelle position. C'était une chance parce qu'il serait obligé d'occuper ses mains et son esprit, et qu'ainsi peut-être se dissiperait un peu le brouillard angoissant dans lequel il tournait depuis tant de semaines sans trouver la sortie.

Dans le rectangle de la fenêtre grande ouverte de la salle de bain, le ciel était d'un bleu rigoureusement sans failles. Flambant neuf comme une carrosserie de voiture à la sortie de l'usine. Le thermomètre allait encore battre un record. Philippe ne répondait presque plus au courrier électronique depuis quinze jours – rien d'intéressant, de toute façon. Mais dix fois par jour, il se connectait pour consulter des sites spécialisés en météorologie, dans l'espoir qui devenait obsessionnel de lire qu'un orage allait éclater. Des orages, il y en avait, mais peu, mais loin. Et la température augmentait, et avec elle son impression de vivre dans un ascenseur bloqué entre deux étages.

Il s'agissait de ne pas penser à la solitude.

2.

De retour dans sa chambre, il prit un moment pour défaire sa valise, ranger les vêtements, déposer sur une table les quelques disques, livres et dossiers qu'il avait emmenés avec lui. Trois mots manuscrits sur une farde à rabats le firent vaguement sourire. « Un lointain regard ». C'était le titre provisoire d'un texte auquel il travaillait depuis longtemps, un essai sur le peintre Edward Hopper. Mais tant de gens déjà avaient écrit sur lui, tant de phrases, tant de mots pour… Pour dire quoi exactement ? Philippe savait qu'il ne finirait jamais cet essai mais il avait promis de l'écrire et y revenait ponctuellement.

Il s'allongea sur son lit. Ferma les yeux. S'appliqua à respirer légèrement. Du bout des lèvres. Il s'agissait d'oublier la chaleur et d'oublier que le matin, dans le miroir, il se demandait qui il était et ne trouvait plus la réponse. Il s'agissait de ne pas penser à la solitude. Alors il fixa son esprit sur la statue en forme de chat dans le jardin, être ce chat-là lui aurait plu, définitivement serein, traversant les saisons sans sourciller. Au bord du sommeil vinrent d'autres images, d'autres scènes. L'avion pour Lisbonne qu'il avait raté, le coup de téléphone pour s'excuser, pour dire que tout compte fait, il ne viendrait pas, qu'il était malade, que sa conférence n'était pas prête,… Et quelques jours plus tard, l'air dépité de la femme qui l'avait gentiment invité à l'accompagner en Provence puisque il avait renoncé à son séjour au Portugal. « Je crois que je préfère mourir de chaud chez moi plutôt que là-bas », lui avait-il dit – et elle avait, bien sûr, entendu qu'il n'avait pas envie de partir avec elle, qu'il l'aimait bien mais qu'il ne l'aimait pas, chose qu'elle savait et qu'elle oubliait souvent, comme on oublie tant de choses qui nous blessent.

Quand il se réveilla, le corps couvert de sueur, il décida d'émigrer vers la pénombre du salon. Des étagères y conservaient à portée de main des centaines de cassettes et de DVD, assez de films pour soutenir un siège de longue durée. Philippe alluma une petite lampe pour ne pas faire son choix tout à fait à l'aveuglette. La première chose qu'il vit était une collection de films d'Alfred Hitchcock, une vingtaine de titres au moins. Il en prit un au hasard. C'était *L'ombre d'un doute*. Il ferma la lumière et s'installa dans un fauteuil pour filer vers Santa Rosa, dans le temps hors du temps des images animées.

*

Emporté par le film, Philippe eut envie, quand il se termina, d'en passer aussitôt un autre. Mais il était plus urgent de boire, et il passa dans la cuisine pour y préparer du thé. Moins bien protégée des rayons du soleil, la pièce était un four. Philippe se revit soudain, enfant, marchant sur une passerelle métallique avec son père, qu'il l'avait emmené visiter une verrerie lors d'un déplacement professionnel. Tout en bas, des hommes s'activaient devant toutes sortes de machines mais il n'avait rien vu, la chaleur terrifiante occupant tout l'espace des sensations. La traversée des ateliers n'avait duré que quelques instants mais le souvenir était intact.

En attendant que le thé soit prêt, il but lentement un grand verre d'eau. Dehors, pas une feuille ne bougeait. Tout semblait pétrifié, comme après un cataclysme. Pas un bruit. Rien que la chaleur, massive, palpable, écrasante. Soudain, il sut pourquoi il avait pris avec lui *Au cœur du cœur de ce pays*, un livre de William H. Gass qu'il avait lu vingt-cinq ou trente ans plus tôt. Il alla chercher le volume dans sa chambre et s'allongea sur le lit pour le parcourir. Il tomba assez vite sur les phrases dont l'écho avait traversé les années pour qu'il puisse les relire maintenant : *Ainsi donc je me suis embarqué et je suis arrivé à B., petite bourgade de l'Indiana amarrée à ses champs. (…) Au printemps, les pelouses sont vertes, (…), la voie ferrée qui fait une boucle autour de la ville a des rails droits et brillants qui chantonnent quand approche le train et le train luimême sonne joyeusement de sa trompe. Dans les rues de derrière, l'asphalte se désagrège en gravier. Il y a les Westbrook, avec leurs géraniums, les Horsefall, les Mott. Le trottoir se fendille. Une poussière graveleuse s'élève comme une haleine trouble derrière les chariots. Et moi j'ai rompu avec l'amour et m'y suis retiré.*

Lentement, il relut la page et, fermant le livre, il ferma les yeux. Il était au-delà de la joie et de la tristesse, étrangement neutre, absent. Comme des images du film flottaient encore dans son esprit, il les laissa s'installer, observant mentalement les maisons d'autrefois, les rues, les passants. Puis, lentement, il se leva. L'eau qu'il avait mise à bouillir s'était complètement évaporée et le poêlon dégageait une forte odeur de métal chauffé à blanc. Par sa faute, la chaleur dans la cuisine avait encore augmenté et il sourit. C'était la dixième fois que ça lui arrivait depuis une semaine. Il remit de l'eau dans le poêlon et ne le quitta plus des yeux jusqu'au moment de l'ébullition. Quand on regarde l'eau qui chauffe, songea-t-il, on jurerait qu'elle ne va jamais bouillir. Il était trop tôt pour qu'il appelle sa fille. Alors, il choisit un autre film d'Hitchcock et s'installa. *L'inconnu du Nord-Express*. C'était bien.

Ainsi donc je me suis embarqué et je suis arrivé à B., petite bourgade de Hollande amarrée à ses champs. (...) Au printemps, les pelouses sont vertes, (...), la voie ferrée qui fait une boucle autour de la ville a des rails droits et brillants que j'enjambe quand approche le train et le train lui-même sonne joyeusement de sa trompe. Dans les rues de derrière, l'asphalte se désagrège en gravier. Il y a les Westholme, les Furs geraniums, les Horsefall, les Mott. Le trottoir se fendille. Une poussière graveleuse s'élève comme une haleine trouble derrière les chariots. Et moi j'ai rompu avec l'amour et m'y suis retiré.

Le bord du gouffre, on s'accroche.
L'angoisse est grande – mais la vue est belle.

3.

Le film terminé, il quitta non sans peine le fauteuil dans lequel il s'était enfoncé. Se rappela que son ostéopathe était en congé pour tout le mois et que ce n'était pas le moment de se retrouver transformé en collection de nœuds. Il s'allongea sur le sol, étendit lentement les bras, fit pivoter sa tête de gauche à droite au ralenti. La perspective de se trouver complètement immobilisé faisait naître en lui une angoisse vertigineuse. Il eut envie soudain de monter dans sa chambre pour vérifier s'il avait bien emporté la minerve qu'il mettait parfois pour dormir, quand sa nuque devenait trop douloureuse. Mais il l'avait emportée, il le savait, à quoi bon vérifier ? Il savait aussi qu'il ne pourrait pas s'empêcher, dans une heure ou deux, d'aller voir quand même. En attendant, il consulta sa montre. C'était un bon moment pour appeler Clara.

Elle était depuis une dizaine de jours au Canada, chez sa mère, qu'elle n'avait pas vue depuis plus d'un an. Philippe avait insisté pour qu'elle fasse ce voyage. Il ne savait plus s'il avait bien fait.

C'est Clara elle-même qui décrocha. Et commença la conversation comme s'il avait été dans la pièce d'à côté et non de l'autre côté de l'océan. Lui, il posait des questions, pour qu'elle continue à donner des détails sur sa vie là-bas. Sa voix était enjouée, pourtant il entendait autre chose, il sentait bien qu'il était temps de demander à Clara comment ça se passait avec sa mère. Elle répondit que ça dépendait des moments.

- Parfois, je me demande si c'est vraiment à moi qu'elle parle, dit-elle.

Philippe répondit qu'il voyait bien ce qu'elle voulait dire, fit allusion à l'alcool et aux médicaments.

- Elle fait attention. Peut-être parce que je suis là. Mais elle mange trop. C'est parfois effrayant, ça me coupe l'appétit.

- Tu voulais faire régime, non ?

Clara rit. Le rire de Clara, c'est la lumière du jour.

– Je peux te poser une question ? demanda soudain Clara.

– Bien sûr.

– Pourquoi as-tu épousé cette femme-là ? Tu sais, c'est pour essayer de comprendre ça que je suis ici. Et je ne comprends pas.

Cette question, Philippe l'attendait depuis longtemps. Il avait au fil du temps élaboré toutes sortes de réponses, des plus simples aux plus sophistiquées. Pas une ne lui revenait en mémoire.

– Peut-être qu'il n'y a rien à comprendre. Mais tu serais venue comment, si je ne l'avais pas connue ? dit-il soudain.

– O.K., dit-elle après un silence.

La voix était redevenue la voix claire de Clara, il la voyait sourire.

– Septembre n'est pas loin, dit-il.

– Je suis impatiente de rentrer. Tu m'appelles bientôt ?

– Bien sûr.

– Et toi, tu vas bien ?

– Je me suis installé chez Pierre et Sophie pour essayer d'échapper un peu à la canicule. Je garde la maison, les bêtes, les plantes. Et je regarde des films.

– Le boulot ?

– Rien de neuf. Le bord du gouffre, on s'accroche. L'angoisse est grande – mais la vue est belle.

*

Le soleil déclinait mais au fil des heures, la chaleur avait
tout envahi, la coupe était pleine, le silence oppressant.
Philippe se leva pour aller mettre de la musique. Parmi les
disques de musique classique se trouvaient les *Vier letzte
Lieder* de Richard Strauss chantés par Lisa della Casa.
Il avait offert ce disque à ses amis quelques années plus tôt,
pour leur montrer que ces lieder n'étaient pas tristes mais,
au contraire, apaisés, sereins, et qu'il y avait dans la voix de
Lisa della Casa une forme très rare de joie.

Lentement, il augmenta le volume pour que la musique et la voix emplissent toute la maison. Il ferma les yeux et se laissa envahir par les frissons qui partaient de sa nuque. Sous ses paupières naissaient des larmes. C'étaient les premières depuis si longtemps qu'il crut qu'il ne pourrait pas les pleurer, mais elles trouvèrent leur chemin entre ses paupières closes. Bientôt, il ne pensa plus à rien. À la fin du quatrième lied, il arrêta le disque.

Dans le silence, il entendit un bruit étrange. C'était un bruit très faible, il crut d'abord qu'il rêvait mais non, il entendait quelque chose. Cela venait de la partie la plus sombre de la pièce. Il s'agenouilla près du vivarium qui se trouvait là. Y vivaient une demi-douzaine de phasmes communément appelés phasmes dragons. Le plus grand spécimen – il faisait une dizaine de centimètres de long – grignotait une feuille sur un rythme régulier, produisant le son curieux qui avait alerté Philippe. Il regarda sa montre. Bientôt le soleil serait caché et ce serait l'heure de s'occuper des plantes et des animaux. Pour les différents phasmes : trouver des feuilles de ronce et de lierre ; ne pas oublier de les laver. En attendant, il resta assis par terre, scrutant l'univers des insectes mis sous sa garde. Peu à peu, ils se réveillaient tous, pareils à de minuscules engins mécaniques.

Soudain, des bruits venant du fond du jardin
le firent sursauter.

4.

À l'instant même où le soleil quitta le ciel, une brise se leva, à peine un souffle, mais assez pour qu'il puisse respirer vraiment pour la première fois de la journée. Il quitta la terrasse et fit quelques pas dans le jardin. La lumière du jour déclinait. Sous les arbres, c'était déjà l'ombre qui régnait. Philippe regagna la maison pour consulter le cahier des recommandations avant de commencer l'opération d'arrosage. Bientôt, de fines pluies jaillirent en plusieurs endroits du jardin. Un grand arrosoir à la main, il s'occupa lentement des nombreuses plantes qui, dans des pots de toutes les tailles, vivaient leur vie autour de la maison. Puis ce fut le tour des animaux. Il oubliait la ville et ses soirées suffocantes. Quand il eut terminé, il s'allongea dans un vieux fauteuil pliant, fixa du regard les jets d'eau qui tournaient lentement.

Après un moment, entre ses paupières à demi fermées, il les vit apparaître. Elles étaient toutes là, ou presque. Toutes les femmes qu'il avait fréquentées les dix dernières années, amies de longue date, petites amies ou anciennes maîtresses, collaboratrices et voisines, amies d'amis rencontrées lors d'une soirée, copines et inconnues diverses… Elles marchaient seules ou par petits groupes, les unes parlaient et riaient, d'autres, songeuses, ne disaient rien, quelques-unes le regardaient. Jamais il ne les avait vues si distinctement, chacune était exactement elle-même, il reconnaissait parfaitement les gestes, les attitudes, toutes les manières de sourire, les grâces et les maladresses, l'ombre des fatigues et des déceptions, la forme des désirs. On aurait pu dire, en simplifiant les choses, que pour plus d'une il avait éprouvé un sentiment amoureux. Un coup de cœur. Et que dire d'elles, qui, amoureuses, un peu, beaucoup, l'avaient été et l'étaient parfois encore ? Mais ces amours-là n'étaient pas l'amour, c'en était l'écho, c'était le désir d'aimer. C'était le parfum de l'amour, qu'un vent léger emporte pour le ramener plus tard, venu d'ailleurs, toujours différent et si facile à reconnaître. L'amour – l'amour rare, celui dont on rêve à tort et à raison – se reconnaissait sans doute à sa large part de mystère autant que d'évidence, et, après coup, à sa faculté de traverser le temps, Philippe savait cela, et il l'oubliait, comme tout le monde l'oublie, et s'il le savait en cet instant, englouti dans les restes de la chaleur du jour, fasciné par le jeu des gouttes d'eau dansant dans l'air du soir, il ne savait pas encore ce que cela pouvait signifier dans sa vie. La réponse était peut-être à portée d'œil et de main mais il était ailleurs et ne voyait rien.

★

Quittant la relative fraîcheur du jardin pour aller se préparer à manger, Philippe fut surpris par la chaleur qui régnait dans la maison. Il décida qu'un sandwich et du thé suffiraient amplement, accompagnés de quelques fruits. Mais ce qu'il voulait surtout, c'était reprendre sa place dans le divan et se glisser dans un autre film. *L'homme qui en savait trop ?* Ce serait l'occasion de réécouter Doris Day chantant *Que sera, sera.* L'histoire l'intéressait-elle vraiment ? C'étaient peut-être les décors qu'il voulait revoir. Les rues et les voitures, les vêtements, les coiffures, des paysages aux couleurs de cartes postales. Des façons de vivre. Une certaine image du monde.

Plus tard, il alluma l'ordinateur de la maison. Sur aucun site on n'annonçait la fin de la canicule. Au contraire, la température continuait à grimper. La messagerie, elle, affichait des alertes aux nombreux virus en circulation et quelques messages personnels. Le seul qui retint son attention émanait de sa comptable et c'était aussi une alerte : la banque faisait savoir que le découvert avait atteint des proportions inquiétantes. Pendant un instant, il sourit en se disant qu'en matière d'ombre, la seule qu'on trouvait cet été était celle de la faillite, qui planait chaque jour sur un nombre plus élevé d'entreprises. Mais le sourire ne dura pas. Dans sa nuque, un nœud violent se refermait, il fallait qu'il se lève, qu'il marche un peu, qu'il empêche son esprit de donner une forme sinistre à l'avenir.

Assis dans l'obscurité du jardin, il consulta mentalement le Yi Ching. Les mots qui surgirent spontanément étaient simples : quitter et la crainte et l'espoir.

Soudain, des bruits provenant du fond du jardin le firent sursauter. Il se leva, scruta les environs. La première chose qu'il vit dans l'ombre épaisse entre les arbres était une chemise qui, durant un instant, lui parut flotter dans l'air.

Au début des années 60, il avait rencontré,
à la sortie du Metropolitan, une femme qui avait
les plus belles mains du monde.

5.

Il y avait un homme dans la chemise et cet homme souriait en lui faisant un signe de la main. Il s'excusa d'avoir peut-être effrayé Philippe. Voisin de longue date, il avait l'habitude de venir en passant par les jardins. La soixantaine, l'allure d'un officier de cavalerie à la retraite, Charles Brughman était un habitué des lieux. Répondant à l'invitation de Philippe, il alla chercher un second fauteuil pliant et s'installa en face de lui.

- Pierre et Sophie m'ont dit que vous alliez passer quelques jours ici, dit-il. J'ai hésité à venir, je ne voulais pas vous déranger, mais j'étais dans mon jardin quand vous avez passé le disque de Lisa della Casa cet après-midi et ça m'a fait plaisir, plus que vous ne pouvez l'imaginer, de savoir qu'il y avait à deux pas quelqu'un qui aimait cette voix.

Philippe répondit qu'il n'était vraiment pas un spécialiste du chant et de l'opéra mais que cette voix l'avait toujours ému profondément, et apaisé. Il ne connaissait pourtant que ce disque-là, quatre lieder et des extraits de trois opéras.

- Si vous en avez envie, dit Charles Brughman, je vous en ferai connaître d'autres. Je possède tous les enregistrements de Lisa della Casa.

Alors, dans la très légère brise qui aérait le jardin nocturne, Charles Brughman raconta à Philippe sa passion pour la cantatrice. En 1951, il avait accompagné ses parents à Munich. Fabricant de matériel optique, son père allait y rendre visite à un confrère allemand qui, la veille de la fin de leur séjour, les avait invités à assister à une représentation d'*Arabella* de Richard Strauss. C'était la première fois que l'adolescent qu'il était entrait dans un opéra, la première fois qu'il entendait ce genre de musique. Immédiatement, il avait été séduit par tout ce qu'il entendait, tout ce qu'il voyait – mais tout particulièrement par une cantatrice dont il ne pouvait détacher son regard. Elle avait alors 32 ans, elle était belle comme une princesse de légende et sa voix l'avait définitivement bouleversé.

– Mais je vais vous ennuyer si je continue à parler d'elle, dit soudain le voisin.

Philippe l'assura du contraire. Cette visite inattendue lui faisait plaisir plus qu'il n'aurait pu l'imaginer et le récit le fascinait. Il alla chercher des boissons fraîches et invita Charles Brughman à poursuivre, s'il le voulait bien.

Le jeune homme avait grandi et sa passion avec lui. L'optique lui avait permis de rencontrer Lisa della Casa, l'optique l'aiderait à la revoir. Travaillant avec son père tout en poursuivant ses études, il devint vite un spécialiste dans son domaine, ainsi qu'un représentant de commerce enthousiaste. Il parlait un italien et un allemand très fluides, quoique littéraires et un peu désuets, et s'il voyageait d'une ville à l'autre essentiellement en fonction des engagements de la belle soprano, les résultats étaient néanmoins excellents.

Il lui avait parlé pour la première fois lors de son passage à Bruxelles en 1958 à l'occasion de l'Exposition Universelle. Par la même occasion, il avait compris qu'il n'était pas amoureux d'elle mais qu'elle l'avait rendu amoureux d'une grâce que possèdent certaines personnes et qui leur permet de rendre le monde autour d'eux plus lumineux, plus dense, plus vivant. Pour cela, il l'aima davantage. Et n'oublia jamais de lui faire remettre des fleurs quand il se trouvait dans la même ville qu'elle.

Au début des années 60, il avait rencontré, à la sortie du Metropolitan, une femme qui avait les plus belles mains du monde. Elle était pianiste, elle vivait à New York et rêvait de l'Europe. Il l'y emmena séance tenante et l'épousa sans tarder. Des concerts ? Elle en donnait parfois mais préférait enseigner et elle enseignait encore, à près de quatre-vingts ans.

– Si vous vous demandez quel âge je peux avoir, ne cherchez pas, dit Charles Brughman, je vais avoir soixante-sept ans et ma belle Julie en a douze de plus que moi. Elle a fait une chute il y a peu et a dû être hospitalisée, ce qui explique qu'elle ne soit pas avec moi ce soir et que je vous impose ma présence de célibataire ouvrant la boîte de ses souvenirs.

– Une boîte magique, répondit Philippe. J'aimerais qu'elle ne se referme pas.

– Soyez mon invité demain soir. Au bout du jardin, prenez le petit sentier sur votre droite et laissez vous guider par la musique.

Lui, il gardait tout. Ne perdait rien.

6.

À deux heures du matin, Philippe se réveilla brutalement, le souffle court, le cœur emballé. Secouant la tête pour éloigner le tumulte du rêve dont il sortait, il faillit pousser un cri tant la douleur dans sa nuque était vive. Il lui fallut un long moment pour retrouver son calme et pour ensuite reconnaître le jardin et se souvenir de la visite du voisin. Un des chats avait pris la place de ce dernier dans le fauteuil d'en face et le regardait fixement. Pour la première fois depuis des jours et des nuits, Philippe trouva que la température était agréable. Un pull n'aurait pas été superflu. La terre et les arbres dégageaient une odeur douce. Philippe regarda la demi-lune qui apparaissait entre les branches d'un arbre. Il se leva et marcha pieds nus, lentement, jusqu'au fond du jardin. Quelque part derrière les arbres et les buissons vivait Charles Brughman. Il se rendit compte que peu avant la visite de ce dernier, son esprit jouait avec l'idée de partir, de rentrer en ville malgré la chaleur, de passer au bureau dès le lendemain. Encore une fuite.

De retour dans la maison, il alla ouvrir les fenêtres pour créer au moins l'illusion d'un courant d'air. Assis sur son lit, il fit le tour des numéros enregistrés dans le répertoire de son téléphone portable. Il faisait souvent cela depuis un certain temps. Mais il téléphonait rarement, sauf à Clara. Dire quoi ? À qui ? Les quelques personnes à qui il aurait aimé parler étaient en vacances, il ne voulait pas les déranger. Yves, son patron et ami d'enfance, était parti faire de la marche dans un coin où les portables ne fonctionnaient pas, seul moyen d'oublier un moment que les livres qu'ils éditaient ensemble depuis des années trouvaient de moins en moins d'acheteurs. Hélène, amie et confidente depuis des années, venait de rencontrer le nouvel homme de sa vie et elle était devenue introuvable, ce qui le réjouissait tout en creusant un trou dans sa vie.

Il regagna le salon, s'installa dans le divan et entra dans *Vertigo*.

« En ce temps-là, les manchettes des journaux annonçaient fréquemment la fin du monde et, quelque part à Long Island, un homme construisait une arche ». William Carlos Williams, qui était né en 1883, avait écrit cette phrase dans un des chapitres de son autobiographie consacrés à sa jeunesse. Philippe l'avait recopiée sur un bout de papier glissé dans son portefeuille, il la relisait parfois, quand la folie du monde perdait à ses yeux son caractère habituel et l'atteignait malgré l'habitude qui lui était venue, peu à peu, de ne plus lire la presse qu'à très petites doses et de ne plus jamais ouvrir ni la radio ni la télévision. Mais depuis peu, c'était le thermomètre qui lui faisait penser à la fin du monde. Un cauchemar le réveilla brutalement à huit heures du matin. Longtemps il resta sous le jet de la douche pour éloigner la peur animale qui l'avait saisi dans son rêve d'une ville où l'air était devenu si brûlant et si sec que ceux qui le respiraient tombaient littéralement en poussière.

Lui revint à l'esprit l'image qui lui était chère d'un château ancien projetant son reflet dans l'eau extraordinairement bleue d'un lac écossais. C'était l'une des nombreuses photographies d'un livre qu'il avait publié quelques mois auparavant. Il l'avait offert à Pierre, il le trouverait facilement dans la bibliothèque.

Quand il l'eut en main, son esprit s'apaisa. Il n'avait jamais visité les lieux représentés dans l'ouvrage et sans doute ne les visiterait-il jamais, mais il les connaissait par cœur, il y était chez lui. Et maintenant, c'était l'heure du thé et du pain grillé, l'heure des chats, des lapins, de l'oiseau muet et des poissons, sans oublier les mystérieux insectes, qui avaient mis la nuit à profit pour faire disparaître une quantité impressionnante de feuillage.

Plus tard, il s'installa dans le jardin pour y profiter du souvenir de la fraîcheur nocturne avant que le soleil le retransforme en un territoire torride où trop de lumière rendait aveugle. Assis sous un arbre, une tasse de thé à la main, il songea un moment à son appartement qui ne cessait pas de rétrécir, assiégé par les dossiers, encerclé par les livres. La chambre de Clara, qui vivait plusieurs jours par semaine dans un petit studio près de l'université, était la seule pièce où les objets se faisaient discrets. C'était le talent de Clara, ne garder que l'essentiel. Lui, il gardait tout. Ne perdait rien.

N'oubliait rien. Il avait mal au dos. Il avait la tête lourde. Il regardait le ciel qui était, une fois encore, beaucoup trop bleu pour être honnête.

En fermant les yeux, Philippe revit Clara dans ce même jardin des années plus tôt, jouant avec les enfants de Pierre et Sophie. En chœur, ils récitent le poème de l'éléphant qui se couche, couche, couche, à huit heures tous les soirs, et Clara change la fin, elle dit « neuf heures » avec un grand sourire car, bien sûr, elle n'a pas du tout l'intention d'aller déjà se mettre au lit, et dans son œil espiègle et tendre, il y a le secret de la vie et sa solution, au-delà de toute explication.

Quand il rouvrit les yeux, Philippe n'éprouva qu'un seul regret, mais lourd à le faire vieillir instantanément : il n'avait personne avec qui partager la merveille de ce souvenir, et de n'être pas partagée, la merveille perdait déjà de son éclat. Le soleil allait gagner la partie, mille puissants projecteurs et rien à voir.

Le bonheur des carpes est dans l'eau trouble
des étangs, le bonheur des truites
dans l'eau claire des rivières.

7.

Le téléphone sonna au milieu de *La mort aux trousses*. Clara demanda à Philippe s'il pouvait la rappeler. Il composa immédiatement le numéro en se demandant quelle heure il était là-bas, huit heures du matin ?

Clara était tendue. Elle voulait son avis, un conseil. La veille, assez tard, elle avait reçu un e-mail d'une correspondante qui vivait pas loin de Montréal. La jeune fille avait dû quitter d'urgence son lieu de vacances quelque part aux États-Unis pour rentrer chez elle et s'occuper de sa mère qui s'était fracturé les poignets. Elle invitait Clara à venir passer une semaine chez elle, c'était une occasion inespérée.
- Où est le problème ? demanda Philippe.
- Ma mère, fit-elle, tu le sais bien. Et je ne sais pas si je dois lui parler, lui dire que j'ai envie de m'en aller.

Philippe lui demanda si, en fait, elle n'avait pas déjà pris sa décision.

- Je crois que oui. Elle m'a fichu un de ces cafards, tu ne peux pas imaginer…

- Si, j'imagine très bien. Et j'imagine que tu te sens coupable.

- Oui. Elle était si… si paumée, et j'aurais voulu faire quelque chose pour elle, mais quoi ?

- J'ai l'impression, Clara, que ta mère est incapable de se servir de l'aide qu'on peut lui apporter. Elle a hérité du rôle de la victime. Elle aura toujours besoin de coupables autour d'elle. Quand il n'y en a plus, elle en invente. Elle a un talent fou pour ça, et pour détruire ce qui lui échappe. Va passer une semaine chez ta copine avant de rentrer.

- Mille bisous, dit doucement Clara.

Dans le salon obscur où la chaleur redevenait pénible, Philippe se sentit soudain soulagé et épuisé. Le voyage de Clara l'avait ramené des années en arrière, dans un chapitre sombre, violent et douloureux de son histoire. Un vieil ami lui avait offert un soir une formule magique, dans un restaurant des environs du Sablon. « Le bonheur des carpes est dans l'eau trouble des étangs, le bonheur des truites dans l'eau claire des rivières », avait-il dit à la fin du repas. C'était aussi simple que ça, mais Philippe commençait seulement à accepter que les choses ne sont simples ou complexes qu'en fonction du regard qu'on leur porte. Il s'installa dans la cuisine le temps de faire bouillir de l'eau et de préparer des pâtes. Il les mangea en regardant la fin du film puis s'endormit profondément.

Quand il se réveilla, il eut l'impression désagréable qu'il sortait d'un bain trop chaud. Il avait encore rêvé, mais ne subsistaient que des bribes. Quelqu'un lui disait, sur le ton d'un reproche amical, qu'il était vraiment un type compliqué, avant de conclure ainsi : « Tu connais au bas mot une dizaine de femmes charmantes qui seraient toutes disposées à poursuivre la route avec toi et, bien sûr, toi, tu attends celle qui … » Qui est quoi ? Qui fait quoi ? Le souvenir du rêve n'offrait aucune réponse.

Il prit sur la table un livre consacré à la vie des insectes mais il faisait trop sombre, il préféra aller s'asseoir à la table de la cuisine pour lire. Abeilles, fourmis, papillons, libellules, coléoptères divers, il parcourut toutes les rubriques. Au chapitre des phasmes, il apprit que leur nom signifiait « fantôme » en grec. Ainsi donc, il veillait à la bonne santé de toute une famille de fantômes, et cette idée le fit sourire. Pierre et Sophie étaient des gens avisés : leurs fantômes, ils les avaient installés dans un vivarium, ils ne les laissaient pas traîner n'importe où.

Fatigué de la vie des insectes, Philippe se décida à sortir de la maison pour examiner le ciel. Pas le moindre nuage. Le soleil agressait les yeux. Il regagna la maison. S'installa dans sa chambre avec un livre consacré à Hitchcock. Il se demanda pourquoi il n'aimait pas vraiment son œuvre et pourquoi, soudain, il s'y plongeait. C'était l'heure où l'on pouvait commencer à attendre la tombée du jour. Bientôt, il irait arroser le jardin, nourrir les animaux. Son père, il y a très longtemps, lui avait demandé quel métier il aimerait faire quand il serait grand. « Allumeur de réverbères », avait-il répondu en songeant à un livre illustré qu'il venait de lire. Son père lui avait répondu que le métier n'existait plus, mais que ce n'était pas une raison pour arrêter d'avoir envie de le faire. Et, au fond, c'est ce qu'il était devenu. Pour le meilleur – et pour les doutes et l'incertitude.

★

La cave de la maison, où ses amis stockaient de l'eau et diverses provisions, était étonnamment fraîche. Un bon endroit pour vivre si l'été poursuivait ses excès. Philippe n'avait jamais aimé l'été, il s'était toujours demandé pourquoi on l'appelait la belle saison. L'été, c'était la saison la plus proche de la mort. Il se souvint qu'un des personnages d'Agota Kristof en parlait en ces termes. Il s'installa sur une vieille chaise, à côté du compteur électrique et ferma les yeux, songeant aux lieux où il pourrait aller si le climat, comme beaucoup le pensaient, devait se dégrader encore. Irlande, Écosse, Norvège. Plus près : la côte normande et bretonne. La Frise. Philippe avait toujours eu une conscience aiguë de la fragilité des humains. Et il ne croyait pas que l'augmentation du nombre de gens sur terre prouvait le contraire. Rien ne prouvait rien. Il était fatigué. Il se demanda s'il aimait vraiment sa vie, s'il aimait encore son métier. Aucune réponse ne vint. Il y a des jours où on n'aime pas, on se contente d'être là. Il sourit en pensant que s'il restait là, il allait devenir pareil aux phasmes, il prendrait la couleur du mur et se transformerait en statue. Rien n'est plus bête qu'une statue dans une cave, se dit-il et il regagna la cuisine, ouvrit le frigo et y rangea la bouteille d'eau. Le bruit de la boîte de conserve qu'il posa à côté de l'évier alerta aussitôt les chats. Il leur servit à manger. « Mangez, vous ne savez pas qui vous mangera », disait sa grand-mère. L'enfant qu'il était imaginait des cannibales sur une île lointaine. Il se promettait de ne jamais aller là-bas.

Installé dans un bain, Philippe téléphona à Pierre et Sophie. Les incendies faisaient rage dans la région où ils passaient le mois d'août comme chaque année. L'endroit où ils se trouvaient était à l'abri, ils ne risquaient rien. Mais plusieurs routes étaient coupées par le feu. Des amis à eux avaient planté une tente dans leur jardin, le gîte qu'ils avaient loué étant menacé. Pierre était calme et de bonne humeur. Il demanda à Philippe s'il se souvenait de l'histoire du plongeur sous-marin qui, quelques années plus tôt, avait été happé par un Canadair qui remplissait ses soutes avant d'être largué sur la forêt en flammes. « N'insiste pas, je suis dans la baignoire… », répondit Philippe en riant.

En dépit des apparences, l'heure avançait. Bientôt le soleil irait se faire pendre ailleurs. En attendant, Philippe reprit sa place favorite dans le salon, devant l'écran. *La main au collet* commença. Cinq minutes plus tard, il était ailleurs, en un lieu paisible où les choses, bonnes et mauvaises, avaient trouvé enfin leur forme.

Je sais quelque chose de votre vie,
par personnes interposées, certes, mais c'est ainsi.

8.

Les animaux avaient reçu à manger, les plantes avaient été arrosées, et les tuyaux d'arrosage achevaient mécaniquement mais non sans élégance leur mission quotidienne. Philippe ferma les robinets et se dirigea vers le fond du jardin. La haie qui faisait office de clôture était percée de plusieurs ouvertures. Philippe tendit l'oreille. Quelque part sur la droite, un orchestre se faisait discrètement entendre. Une voix de femme s'y mêlait. Traversant la haie, il déboucha sur un sentier plus large qu'il ne l'aurait imaginé, presque un chemin forestier. Il laissa ses yeux s'habituer à la pénombre, puis les ferma un instant pour respirer : c'étaient les odeurs d'une forêt. Après avoir marché un moment, il se rendit compte que la musique devenait lointaine. Il fit marche arrière, se réorienta, emprunta un sentier qu'il n'avait pas vu. Quelques instants plus tard, guidé par la voix de Lisa della Casa, il traversait la haie du jardin de Charles Brughman.

Sortant des buissons, Philippe se trouva nez à nez avec un grand chien maigre de race indéterminée, mélange hésitant de labrador et de setter. « Salut, le chien », fit-il, et le chien jappa avant de lui tourner le dos. Philippe le suivit jusqu'à la terrasse où l'attendait Charles Brughman. Le chien se coucha à ses pieds.

- J'ai l'impression qu'il m'attendait, dit Philippe.

- C'est en tout cas ce que je lui avais demandé de faire, dit Charles avec un sourire.

Le ciel venait de virer au noir. La musique s'était arrêtée. Allumage des étoiles. Silence. Charles projetait lentement dans l'air la fumée d'un long cigare. Puis ce fut le moment de boire et de manger. Charles amena de la cuisine un plateau qu'il posa entre eux sur une table basse. À Philippe qui lui demandait des nouvelles de son épouse, il expliqua qu'il avait passé l'après-midi à négocier pour elle un changement de chambre et qu'elle occupait maintenant une chambre où il ne faisait pas trop chaud. Par ailleurs, il espérait que sa sortie était proche : il attendait l'avis d'un médecin qui rentrait bientôt de vacances.

Sans hâte, ils parlèrent du climat, de Pierre et Sophie, ils parlèrent des plantes et des fleurs du jardin, que Charles connaissait par leurs noms. Puis Charles l'invita à entrer dans la maison. Quelques instruments de musique et d'anciens instruments d'optique se partageaient l'espace du salon, autour d'un piano à queue qui brillait dans la lumière de quelques lampes discrètes. Charles remit de la musique. Philippe reconnut la voix, pas le morceau, et Charles lui donna quelques explications en l'invitant à s'asseoir. Sur la longue table basse, c'était un amoncellement de livres, de programmes d'opéra, d'albums de photos.

– J'ai sorti ma collection de sa réserve, dit Charles Brughman.

Et Philippe, de question en question, de photo en photo, se plongea dans le film de la vie de la cantatrice. Le guide était parfait, il suffisait de le suivre.

– Comment se fait-il qu'elle ait arrêté de chanter à 55 ans ? Les cantatrices ont souvent de plus longues carrières…

– C'est simple : elle en avait marre du « music business ». Évidemment, pour les gens qui l'aimaient, ça a été une triste nouvelle, mais comment ne pas la comprendre ?

– Elle n'a plus jamais chanté ?

– Pas que je sache. En fait, je me suis éloigné, moi aussi, du monde de l'opéra.

Et après une pause, Charles Brughman ajouta :

– J'ignore même si elle vit encore. Je ne me suis pas renseigné, je vous avoue, par peur sans doute d'apprendre qu'il y a des années peut-être qu'elle n'est plus de ce monde. Mais regardez ceci.

Et Charles lui tendit un étui en cuir vert. Philippe y trouva une paire de jumelles de théâtre. Elles étaient magnifiques. Charles lui expliqua qu'il en avait fabriqué quelques exemplaires seulement, que c'était sa modeste contribution à l'univers de l'opéra. Et qu'elles étaient par ailleurs parfaites pour observer les oiseaux dans le jardin.

– Pierre et Sophie me parlent souvent de vous, dit-il en changeant brusquement de sujet. Ils vous aiment beaucoup. Et disent beaucoup de bien de votre travail d'éditeur. J'ai d'ailleurs, grâce à eux, pris beaucoup de plaisir à lire un certain nombre de livres que vous avez publiés.

Philippe le remercia en ajoutant que si les livres étaient bons, les affaires, elles, étaient mauvaises, vraiment mauvaises.

– Yves, le patron de la maison, doit voir sa mère sur le chemin de retour de ses vacances, dit-il. Elle lui a proposé d'hypothéquer sa maison pour l'aider à sauver les éditions. Je ne sais pas si c'est la bonne solution mais je crains qu'il n'y en ait pas d'autre… Cela dit, il y a trop de tout, trop de livres aussi, quel sens cela peut-il avoir d'en publier encore ?

Charles le regarda paisiblement. Il lui dit qu'il comprenait ses doutes mais qu'il ne les partageait pas, qu'il espérait de tout cœur qu'une solution apparaisse.

– Les choses n'ont que le sens qu'on leur donne, vous le savez bien, dit-il. Mais il y a des jours où on n'a plus grand-chose à donner… Je sais quelque chose de votre vie, par personnes interposées, certes, mais c'est ainsi. Et j'avais envie de vous rencontrer, je savais qu'un jour cela arriverait, ne me demandez pas pourquoi.

Philippe garda le silence un long moment. Derrière la voix de Lisa della Casa, il n'y avait plus maintenant qu'un piano animé par des mains légères.

– Pour une fois, on peut vraiment dire qu'un ange passe, glissa Charles.

En souriant, Philippe lui demanda ce qu'il savait de lui.

– Les tourbillons. Des années passées à chercher, à essayer, à tomber et à vous relever. Un divorce suivi de longues années de tempête. L'échec d'une histoire d'amour et, peu après, celui d'une collection que vous aviez créée. Et puis la petite l'île où vous vous êtes beaucoup consacré à votre fille et à votre travail d'éditeur.

– La photo est bonne, dit Philippe. En tout cas, je m'y reconnais.

– Je n'y ai pas mis le livre que vous écrivez sur Hopper.

– Vous avez bien fait. Il n'existera jamais.

Charles lui dit qu'il aimait énormément ce peintre et Philippe lui demanda s'il connaissait sa déclaration fameuse à propos des gens : « Je crois que l'humain m'est étranger. Ce que j'ai vraiment cherché à peindre, c'est la lumière du soleil sur la façade de la maison. »

- Je peux comprendre cela, fit Charles, mais je crois que je vais continuer à préférer les gens. D'autant plus que la lumière du soleil, ces temps-ci, n'a vraiment rien d'amical.

Philippe acquiesça et Charles lui proposa de retourner au jardin. La température y était douce, Philippe frissonna.

- Est-ce que vous accepteriez de me montrer un jour ce que vous avez déjà écrit sur Hopper ?

- J'ai le manuscrit dans mes bagages. Un brouillon, des notes, rien d'intéressant.

- Venez dîner demain soir et apportez-le-moi. Quelques amis seront là, des voisins.

Philippe accepta. Dans le très léger murmure du jardin endormi, il repensa à ce que Charles savait de lui, à la « photo » de sa vie. Il y manquait le plus important : mille indicibles moments de bonheur à l'état pur. Il le lui dit et Charles fit oui de la tête et malgré l'obscurité, il vit son sourire. C'était l'heure d'aller dormir. Charles Brughman lui demanda s'il voulait que le chien l'accompagne, pour éviter qu'il se perde dans le labyrinthe. Ainsi retrouva-t-il la maison.

Et la promesse de ne pas fondre.

9.

Il était tard. Il faisait très lourd. Philippe ne trouvait pas le sommeil. Il alluma l'ordinateur. Clara lui avait écrit. Elle lui disait qu'elle était heureuse d'être ailleurs ; chez sa mère, après quelques jours, elle avait retrouvé le sentiment de terrible insécurité qu'elle avait connu petite fille, quand, dormant parfois chez elle, elle se réveillait en pleine nuit en se demandant si le monde n'avait pas disparu.

« Que m'a-t-elle dit quand elle est venue m'accueillir à l'aéroport ? Elle a dit : « Moi j'ai faim, on va manger quelque chose ». J'ai repensé à ça en arrivant ici, quand la mère de ma copine, malgré ses poignets dans le plâtre, m'a dit que j'avais un joli T-shirt et m'a demandé ce que j'aimerais faire durant mon séjour. Est-ce que ma mère s'est un jour intéressée à quelqu'un d'autre qu'à elle-même ? Est-ce qu'elle sait que les gens existent ? Je pense que non. J'ai vu que la météo chez nous était terrible. Papa, ne fonds pas ! »

Philippe écrivit une longue réponse avant de l'effacer au profit de quelques lignes. Des mots paisibles. Un aperçu de sa rencontre avec le voisin de Pierre et Sophie. Des souhaits de bon séjour et de bon retour. Et la promesse de ne pas fondre.

Philippe, cette nuit-là, rêva qu'il pleuvait. Il rêva qu'il caressait le ventre d'une femme, près de l'os légèrement saillant du bassin, et sous ses doigts, la douceur de cette peau était au-delà de tout ce que l'esprit humain pouvait imaginer. Plus tard, il se réveilla. Il ne pleuvait pas et il était seul. La femme du rêve avait caché son visage derrière un livre ; il attendrait, se dit-il, qu'elle ait fini de lire.

Sur la table de la cuisine, il trouva la biographie de Lisa della Casa que lui avait prêtée Charles la veille. L'ouvrage était en allemand, il comprenait une phrase sur deux, et il lut ainsi un moment, s'arrêtant aux pages qui proposaient des photos, portraits privés ou photos officielles en costumes de scène. La cantatrice était parfois si différente de l'une à l'autre des photographies qu'il feuilleta le livre en marche arrière à plusieurs reprises, pour essayer de saisir les lignes du visage, le secret du regard.

Mais l'urgence, ce matin-là, c'était la récolte de feuilles de ronce et de lierre. Si ce n'était pas une véritable expédition, c'était quand même une tâche qui demandait un peu de temps et de matériel. Le carnet invitait à se rendre sur le chemin qui reliait les jardins entre eux. Philippe y passa près d'une heure, se demandant, avec le sentiment de participer à un jeu d'enfants, quelles feuilles préféreraient ses étranges compagnons.

Et plus tard, comme la chaleur était encore presque supportable au fond du jardin, il s'y installa, sous un arbre, avec son manuscrit. Il n'y avait pas touché depuis des mois et des mois, le regardait comme un objet étranger. Bientôt, il se mit à penser à autre chose, à mille choses mêlées, se retrouvant au bord du sommeil comme un étudiant fatigué qui griffonne pour que sa main, à défaut de son esprit, reste en activité.

Quand il revint sur terre, la terre était chaude, l'air était sec. Il regagna la maison, but lentement un demi-litre d'eau. Puis il appela Clara. Elle lui expliqua que les phasmes, quand ils sont en captivité, se reproduisent le plus souvent par parthénogénèse.

– C'est-à-dire ?

– Sans fécondation. Les mâles ne font plus rien. Mais les œufs se développent quand même et on se retrouve avec des dizaines de petits phasmes qui ont les belles mandibules de leur mère…

Philippe se déclara impressionné par le savoir de sa fille et les habitudes des phasmes. Ils parlèrent un moment de presque rien, pour le plaisir de bavarder, puis Philippe revint à la collection des œuvres de *sir* Alfred. Il avait envie de revoir *Fenêtre sur cour*.

Crier plus fort, il n'osait pas.
Il alluma une cigarette.

10

Dans le passage entre les jardins, Philippe manqua à nouveau le sentier qui menait chez Charles Brughman. La voix de Lisa della Casa n'étant plus là pour le guider, il tourna un long moment dans le sous-bois avant de s'arrêter. La végétation était touffue, les buissons s'emmêlaient et la lumière du jour diminuait rapidement, modifiant la perception des distances. Philippe ferma les yeux. Après quelques instants, il entendit un air de jazz. Il connaissait le morceau. *Round about midnight.* Il prit la direction de la musique. Un peu plus tard, des voix confirmèrent qu'il était sur le bon chemin.

Une dizaine de personnes occupaient la terrasse de Charles, qui fit les présentations. Un couple ; ils étaient un peu plus âgés que Charles ; l'homme avait travaillé longtemps avec ce dernier, ils partageaient une même passion pour la photographie. Une femme seule, du même âge, professeur à la retraite – elle avait enseigné l'anglais. Un couple encore, Henri et Alice, plus de 80 ans de toute évidence, mais possédant l'un comme l'autre un regard d'une extraordinaire jeunesse. Un peu plus jeune que Charles, un homme de très petite taille presque chauve prénommé Bert ; il donnait des cours dans une école d'horticulture. Louise, grande et blonde, la cinquantaine souriante, réalisait un vieux rêve : elle apprenait à jouer du piano avec la femme de Charles. Philippe essayait de retenir les prénoms, il en avait déjà oublié la moitié. Maïa, qui sortait de la cuisine en apportant un plateau de fruits, était la sauvegarde de Charles : elle l'avait aidé à préparer le buffet. Elle avait une quarantaine d'années – la moitié de l'âge des deux dernières personnes que lui présenta Charles ; Philippe ne comprit pas bien le lien qui les unissait mais ils vivaient ensemble dans la maison voisine, elle presque aveugle et lui presque sourd.

Chaises et fauteuils de jardin changeaient souvent d'occupants, chacun se levant de temps en temps pour aller se ravitailler en nourriture et en boisson. De grosses bougies diffusaient leur lumière dansante et Philippe regardait les convives comme les habitants paisibles et mystérieux d'une planète oubliée. Le piano de Thelonious Monk avait dans ce jardin une grâce singulière qui prenait le cœur par surprise pour ne plus le lâcher.

Philippe s'était assis près de la femme aveugle, qui parlait avec l'horticulteur, Charles et Maïa. D'une voix douce et claire, elle expliquait qu'elle n'était somme toute pas malheureuse d'avoir perdu la vue et qu'elle plaignait de tout cœur son cousin qui ne pouvait plus profiter de la voix des gens, de la musique, du chant des oiseaux, du bruit du vent. Elle ne comprenait pas, disait-elle, que tant de gens puissent consacrer du temps à un passe-temps aussi futile que regarder les journaux télévisés.

– On sait que des avions vont s'écraser, qu'il y aura encore des tremblements de terre, des guerres, des puissants corrompus, des épidémies. À moins que quelqu'un réussisse à modifier la nature du monde et des hommes, c'est inévitable, n'est-ce pas ? Mais je vous choque peut-être ?

Comme elle avait posé cette question en se tournant vers lui, Philippe répondit que non, qu'au contraire, il partageait son point de vue, et n'avait d'ailleurs plus de téléviseur depuis de longues années.

– J'ai une théorie, ajouta-t-il, pour expliquer le peu d'intérêt qu'ont la plupart des gens pour les romans aujourd'hui :

le romanesque, c'est dans l'actualité qu'on le trouve ; y a-t-il un plus formidable feuilleton que les journaux télévisés ?

Il vit que Maïa souriait en l'écoutant et il lui rendit son sourire. Bert déclara que la seule actualité qui l'intéressait, c'était la météo, avant que Charles change brusquement de sujet en lui demandant s'il avait apporté son texte sur Hopper. Philippe s'excusa : il l'avait préparé, il était sur la table de la cuisine, il l'avait oublié là.

– Vous êtes peintre ? lui demanda Maïa.
– Non, éditeur. J'ai beaucoup dessiné, et peint aussi, il y a très longtemps, et puis j'ai arrêté. Disons que c'était une passion juvénile.
– Si vous faisiez un rapide aller et retour ? proposa Charles.

Philippe trouva facilement le chemin de la maison mais, au retour, il découvrit vite qu'il s'était égaré. Plus moyen de se repérer, aucun indice, aucun signal. Les minutes s'allongeaient. Il finit par s'asseoir sur un grosse pierre au bord du chemin, se demandant s'il allait devoir attendre l'aube pour pouvoir sortir du labyrinthe. Après un moment, il se décida à appeler. Mais ses cris ne suscitèrent aucune réaction. Crier plus fort, il n'osait pas. Il alluma une cigarette. Sur une île déserte, il aurait allumé un feu pour attirer l'attention, mais ici… Il se mit à siffler, se moquant intérieurement de lui-même, qui ressemblait à un gosse perdu dans l'obscurité. Soudain, quelque chose brilla à quelques pas. Deux yeux. Un bref aboiement le ramena sur terre. Quelques minutes plus tard, il retrouva le jardin de Charles, qui lui demanda en souriant s'il avait terminé le manuscrit en chemin. Philippe le lui donna sans rien dire, et Charles alla s'installer un peu à l'écart et s'y plongea sans tarder.

Les conversations se poursuivaient. Les uns parlaient de la folie des Américains qui avaient élu Bush, de leur besoin de créer des conflits loin de chez eux pour chasser le spectre d'une nouvelle guerre civile, d'un soulèvement des dizaines de millions de pauvres qui vivaient dans l'ombre des trop riches. D'autres parlaient de l'année de la Chèvre, si âpre. Louise, l'apprentie pianiste, bavardait avec Henri et Alice ; ils parlaient d'amour, elle avec inquiétude, eux deux avec malice et tendresse.

– Les histoires d'amour, dit Alice, c'est comme les poissons, qui s'adaptent à la taille de l'aquarium.

Louise fit semblant de faire la moue avant de répondre en riant qu'un ami, attentif et affectueux, c'était ça, au fond, qu'il lui fallait, pas un poisson. Charles, qui avait surpris la conversation, avait été mettre un nouveau disque et la voix de Dean Martin avait discrètement envahi le jardin sur des rythmes latino-américains. Henri, le mari d'Alice, qui n'avait encore rien dit, se mit à fredonner les paroles de *Cha-cha-cha d'amour*.

– L'amour, dit-il, c'est une drôle de chose avec rimes mais sans raison. Mais si tu veux un ami, rien qu'un ami, tu peux compter sur moi, Louise. D'ailleurs, je t'invite à danser. Et Charles va faire danser Alice, qui trouve qu'on devrait m'interdire de danser des choses aussi redoutables.

– Je suppose que vous avez traduit, dit Alice à l'oreille de Philippe : un ami attentif et affectueux, pour Louise, c'est un amant qui ne s'installe pas chez elle.

Philippe, regardant les deux couples qui évoluaient sur la terrasse, se rendit compte qu'il se sentait bien, il n'avait plus mal au dos, il ne désirait rien d'autre que rester là, à écouter des chansons sentimentales en compagnie de Charles et de ses amis. Une question l'obligea à se détourner un instant de la piste de danse improvisée. Derrière lui, la femme que Charles lui avait présentée comme une ancienne professeur d'anglais venait de lui demander pourquoi il ne dansait pas.

- Je n'ai pas eu la chance d'apprendre le cha-cha-cha ni la rumba, et je le regrette, dit-il.

- Pas de regrets, jeune homme ! Venez, je vais vous apprendre quelques pas.

Elle s'appelait Marie. Et Philippe, après quelques minutes, aurait pu jurer qu'elle avait passé sa vie à enseigner la danse. En réalité, elle avait appris à danser à près de cinquante ans, avec un homme qu'elle avait rencontré durant des vacances.

Quand la leçon fut terminée, Philippe et elle s'installèrent pour regarder ceux qui dansaient encore ; ils étaient sept, trois couples et Maïa, qui dansait seule avec beaucoup d'élégance, les yeux mi-clos.

- Vous devriez donner des cours, dit Philippe.

- Mais j'en donne. À mes petits-enfants. Pour qu'ils aient

un remède contre les angoisses de leurs parents, qui ont de moins en moins d'argent mais qui ont encore beaucoup d'angoisses de riches…

Philippe, qui voulait savoir l'heure, constata qu'il avait oublié sa montre et il posa la question à Marie. Elle lui répondit que personne n'avait l'heure par une nuit pareille. Et qu'il ferait mieux de danser. Alors il se leva pour aller inviter Maïa, mais il la vit dans la cuisine, occupée à sortir des bouteilles du réfrigérateur. Alors, il dansa seul. Le morceau s'appelait *Mambo italiano*. Il laissa faire ses jambes, ses bras, ses épaules. La nuit n'avait pas d'heure et pas d'âge.

Plus tard, quand le moment fut venu de s'en aller, Philippe salua chacun des invités et remercia Charles avec enthousiasme.

– Ne me remerciez pas. Rendez-moi plutôt un service. Si quelqu'un passait chez vous demain soir, envoyé par moi, feriez-vous son portrait, pour moi ?

Surpris par la demande, Philippe ne savait que dire. Il s'entendit répondre que ce serait un plaisir.

The world is turning, I hope it won't turn away.

11.

Dans sa chambre, la chaleur était au rendez-vous, d'autant plus accablante qu'il venait de passer la soirée dehors. Philippe voulait penser à la soirée qu'il venait de vivre mais il tomba rapidement dans un profond sommeil et ne se réveilla que tard dans la matinée.

En buvant une tasse de thé, il s'était mis à observer involontairement le vivarium qui se trouvait dans la cuisine. Il y avait quelque chose de bizarre. Il s'approcha et vit une dizaine de minuscules insectes qui escaladaient les parois. Ils n'étaient pas plus grands que des moustiques. Dans le cahier de Sophie, il nota une question : « Les bébés phasmes requièrent-ils des soins particuliers ? » Puis il alluma l'ordinateur pour faire quelques recherches. Il fut surpris de trouver tant de sites consacrés à ces animaux. Soudain, il repensa à Lisa della Casa et trouva un site remarquablement documenté qui se consacrait exclusivement aux chanteurs et chanteuses d'opéra. La femme qui avait créé ce site était de toute évidence passionnée par le sujet. Philippe lui adressa un e-mail pour lui demander si, par hasard, elle savait si Lisa della Casa vivait encore. Puis il retrouva sa place dans le fauteuil, près de la pile de cassettes. Malgré son humour, *Mais qui a tué Harry ?* n'arriva pas à le détourner d'une autre question : pourquoi Charles voulait-il un portrait, et de qui ? Il se demanda s'il avait dans ses relations un sosie de la belle cantatrice. Louise, la pianiste ? Il faisait trop chaud pour penser. Il alla s'installer sous le jet de la douche, longtemps, jusqu'à ne plus savoir où il se trouvait.

Dans le congélateur de la cave, il choisit de quoi se préparer un repas décent. La prévoyance de Pierre et Sophie l'impressionna : il y avait de quoi vivre durant des semaines.

Il avait même trouvé un stock de cigarettes dans une boîte en fer blanc. Soudain, il eut envie d'entendre quelqu'un, de parler à quelqu'un. L'assistante d'Yves était peut-être au bureau, il l'appela mais en vain. Le répondeur annonçait que la chaleur l'avait chassée et qu'elle était partie lire des manuscrits à la campagne, où on pouvait la joindre en formant le numéro de son portable. Philippe ne laissa pas de message, il n'avait rien à dire, rien à demander. Sur l'écran de l'ordinateur, il lut quelques informations à propos de la canicule et des incendies. Aucune amélioration prévue avant une semaine.

★

Dans sa cage, le mainate, lui, semblait ne pas souffrir de la chaleur. Philippe ferma soigneusement portes et fenêtres et ouvrit la cage. Après quelques instants, l'oiseau la quitta pour grimper sur le bras qu'il lui tendait. Ils firent ainsi le tour de la pièce et l'oiseau parut satisfait de la promenade. Le jour s'achevait avec le piano et la voix de Meredith d'Ambrosio, dont Philippe avait été chercher un disque dans sa chambre. La pointe de mélancolie de ce jazz-là se cachait dans l'ombre d'une longue paix qu'il savourait à chaque fois qu'il réécoutait les chansons sans âge revisitées par la chanteuse.

Les yeux mi-clos, il avait oublié où il était quand soudain il vit un visage penché qui s'encadrait dans la fenêtre. Puis une main pourvue de doigts pianotant sur la vitre. C'était Maïa.

Il se leva, la rejoignit sur la terrasse. Elle lui demanda s'il était surpris de la voir ou si c'était son air habituel, et il lui dit qu'il avait chaud, qu'il valait mieux s'installer dans le jardin, sous les arbres. D'abord, ils ne parlèrent pas. Comme la nuit était venue, ils purent se dévisager sans se gêner. Ensuite ils retrouvèrent la parole. Maïa expliqua à Philippe qu'elle vivait tout près, dans une petite maison que lui louaient des amis pour pas cher. Ce qu'elle faisait dans la vie ? Des petits boulots après en avoir perdu un gros qui lui rapportait de l'argent et un cafard grand format. Elle avait feuilleté chez Charles le manuscrit que Philippe lui avait apporté mais elle n'avait rien lu, juste regardé les dessins griffonnés un peu partout, ceux qui reproduisaient des œuvres de Hopper mais aussi les autres, qui venaient d'où ? Philippe ne put lui répondre, ces dessins-là étaient venus, c'est tout, il ne se souvenait même pas de les avoir faits, et Maïa lui dit que ça n'avait pas d'importance : elle les avait trouvés beaux, et elle ajouta qu'il avait l'œil et la main d'un artiste.

– Mais vous êtes si loin, dit-elle en se levant. Vous ne songeriez pas à revenir un peu ?

Il se leva aussi. Lui proposa d'aller chercher de l'eau, du thé, du vin si elle voulait. Elle choisit du thé, il revint avec une théière, un cake trouvé dans une armoire de la cuisine et une grosse bougie qui diffusait une lumière modeste. Il lui dit qu'il était heureux d'avoir fait la connaissance de Charles, dont il connaissait l'existence par ses amis mais qu'il n'avait jamais eu l'occasion de rencontrer. Sophie avait un jour évoqué son fils. Maïa lui demanda s'il avait vu sa photo, sur le piano. Philippe se souvenait du portrait d'un petit garçon souriant.

– Il a grandi, dit-elle, mais c'est toujours un petit garçon. C'est ainsi : il aura toujours six ans et il ne cessera jamais de sourire. Charles dit qu'il a de la chance : son fils aurait pu être bloqué sur la position larmes et chagrin. Il l'adore.

– Ils n'ont eu que cet enfant-là ?

– On leur a déconseillé d'en avoir d'autres. Alors ils ont adopté une petite fille, une Africaine, qui a fait des études d'infirmière et qui travaille dans son pays d'origine. Elle revient les voir aussi souvent qu'elle peut. Elle a été gravement blessée il y a quelques années : l'hôpital où elle travaillait a été bombardé « accidentellement ». Charles et Julie ont fait des pieds et des mains pour la rapatrier et pour la faire soigner ici. Et puis elle est repartie, et ils sont très fiers d'elle.

Philippe l'écoutait sans rien dire. Et quand elle se tut, il continua à la regarder. Elle lui demanda s'il prenait des mesures pour le portrait. Il sourit. Répondit qu'il avait complètement oublié la demande de Charles, et c'était vrai. Il ajouta qu'il ne se sentait pas de taille à répondre à cette demande.

– Je ne suis pas dessinable ?

– Si, bien sûr que si. Sous tous les angles, à mon avis. Mais moi, je ne suis pas dessinateur. En tout cas, je ne le suis plus depuis longtemps.

Maïa ne répondit pas, elle se contenta d'une sorte de sourire. Puis elle lui demanda à quoi il pensait. Il lui dit qu'il essayait de chasser une chanson qu'il avait en tête depuis le matin, une vieille chanson de Neil Young qu'il n'avait pourtant pas entendue depuis des années, *On the beach*, avec cette phrase qui revenait : « *Though my problems are meaningless, that don't make them go away…* »

– Vous ne me croirez pas, lui dit-elle, mais j'ai réécouté ce disque il y a quelques jours, un ami me l'a offert parce que je lui avais dit que je n'avais pas la moindre envie de partir d'ici pour aller me poser sur une plage. Vous vous souvenez des derniers mots de la chanson ?

Philippe réfléchit un instant avant de dire non. Et Maïa, à voix basse, chanta pour lui : « *The world is turning, I hope it won't turn away* », plusieurs fois.

Il n'y avait plus de thé. Un peu de fraîcheur venait d'on ne sait où, et du silence. Maïa demanda à Philippe ce qu'il faisait de ses journées et il lui répondit qu'il les passait avec Hitchcock et des phasmes. Elle lui proposa d'aller refaire du thé et de regarder un film, et pendant qu'il faisait bouillir de l'eau, elle jeta un œil sur les DVD disponibles. Il l'entendit pousser un cri enthousiaste et il la vit débarquer dans la cuisine avec *Certains l'aiment chaud.*

– C'est de saison, non ? dit-elle. Et tellement plus vivant qu'Hitchcock !

À peine s'étaient-ils installés sur le divan que les deux chats de la maison les rejoignirent. Philippe fit remarquer que c'était rare de les voir à l'intérieur et Maïa lui répondit en souriant qu'elle portait un parfum qui plaisait aux chats. Alors Philippe se rendit compte que le parfum de Maïa lui avait plu quand il l'avait rencontrée, chez Charles, et qu'il l'avait reconnu quand elle était arrivée.

– C'est un parfum que je ne connais pas, dit-il.

– Ou une femme que vous ne connaissez pas.

– Ou les deux, dit-il alors que le film commençait.

Et quand il se termina, près de deux heures plus tard, Philippe poussa un long soupir de contentement. Il dit à Maïa qu'il avait déjà vu dix fois le film mais qu'il avait complètement oublié que c'était là que Marilyn Monroe chantait *I'm through with love.*

– Vous aussi, vous en avez marre de l'amour ? demanda-t-elle sans ironie.

– C'est moins dangereux quand on ne vous aime pas…

Il se leva pour éteindre l'écran et se rassit, non sur le divan, mais par terre, près d'elle. Lentement, en cherchant ses mots, il essaya de lui répondre sincèrement. Il lui dit qu'il vivait une époque de peu : peu de temps, peu d'argent ; peu de paix, peu de rires ; peu d'estime de soi, et peu d'amour. Il lui dit que ce n'était pas un choix, bien sûr, mais un chapitre construit ainsi, sur des absences et des manques. Elle lui demanda une cigarette. Et comme il la regardait, elle lui parla d'elle. Elle lui dit que deux hommes l'aimaient et qu'elle avait compris qu'elle préférerait se passer des deux plutôt que de devoir en choisir un. Philippe lui demanda si elle les aimait et elle le regarda droit dans les yeux, très fort, pour lui dire que oui, finalement oui.

– J'ai fini par me dire que lorsqu'on donne tout son amour à quelqu'un, c'est parfois trop. Passionnée, je l'ai été, merveilleusement, terriblement. Et en vain peut-être… En tout cas, sans véritable retour. Quand on est entièrement dans la passion, on est hors de soi, et on se perd. Et je me suis perdue. Maintenant, je suis au bord. C'est un autre genre de vertige. J'aime bien. Et, pour reprendre votre formule, c'est un chapitre de ma vie qui est construit ainsi, je ne sais pas à quoi ressemblera le suivant.

Pendant un moment, ils restèrent dans le silence que grignotaient méthodiquement les phasmes. Tous deux se tournèrent en même temps vers le vivarium, puis Maïa dit qu'elle allait rentrer chez elle. Philippe la raccompagna jusqu'au jardin.

– Désolé pour le portrait, dit-il.

– Vous le ferez demain soir, chez moi. Je vous invite. Et pour que vous ne vous égariez pas dans le labyrinthe, je vais vous montrer le chemin ce soir, je veux dire : ce matin.

En effet, le jour se levait. Elle lui dit : « Suivez-moi, vous verrez, c'est plus simple qu'il n'y paraît », et il la suivit. Et quelques minutes plus tard, sans hésitation, il emprunta le chemin du retour.

Pour un moment, le temps s'arrêta.
Plus de pensées, plus de projets, plus de peurs.

12.

Quand Philippe se réveilla, la fenêtre ouverte de sa chambre laissait déjà entrer les vagues de chaleur épaisse de l'après-midi. Dans le ciel, quelques très minces nuages blancs s'effilochaient avant même de ressembler à de quelconques promesses de pluie. Philippe se rendit compte qu'il était en train d'oublier les dates et les jours ; même l'heure ne l'intéressait pas. Il s'en réjouit puis s'en inquiéta et alluma l'ordinateur pour consulter son courrier. Clara lui avait écrit, deux amies aussi, et un des écrivains qu'il publiait et qui était devenu, au fil du temps, un véritable ami ; le document joint au message n'était autre que la version définitive de son nouveau roman, et il se réjouit à l'idée de lire le manuscrit quand il serait de retour chez lui. Il se dit qu'il y avait là, sur l'écran, une image assez juste de ce qu'était sa vie, entre sa fille, quelques précieuses amitiés et des livres qu'il aimait. La chaleur diffusée par l'appareil était insupportable dans le petit bureau de Pierre et Philippe l'éteignit sans tarder. À l'une de ses amies, il avait écrit ceci : « Je n'ai plus de cœur – ou alors un caillou froid et rugueux – mais j'ai des tas de petites mains qui s'agrippent comme elles peuvent. » Il n'avait pas osé ajouter qu'il se sentait devenir semblable aux phasmes dont il s'occupait.

Quand il regagna le salon, il constata que la cage du maïnate était ouverte et que l'oiseau n'y était plus. Il était pourtant sûr d'avoir refermé soigneusement la porte grillagée. Il regarda partout, dans le salon, dans le couloir, dans la cuisine. Pas d'oiseau, à part ceux d'Hitchcock. Pas de chats non plus. Téléphoner à Pierre ? Il préféra commencer par se faire couler un bain et s'y laisser disparaître, les yeux longtemps fermés dans l'eau tiède.

Ainsi vit-il apparaître une image de Maïa. Pas tout à fait une image sans doute, mais quelque chose qui pourrait le devenir. Sorti du bain, il retourna dans le bureau et y trouva quelques grandes feuilles de papier fort qui feraient l'affaire. Et il se souvint que Sophie avait inscrit dans son carnet qu'il y avait des figues à cueillir dans le jardin. Car il y avait un figuier, qui avait résisté à tous les hivers, à toutes les intempéries, et qui portait des fruits. Il s'en fit un repas, qu'il mangea devant l'écran où il repassa *Certains l'aiment chaud*, s'arrêtant parfois sur certaines images ou faisant marche arrière pour réécouter les chansons. La chaleur lui ôtait toute envie de bouger, même penser lui était pénible. À la fin du film, il tomba dans un sommeil lourd. Quelque chose le réveilla brusquement. Il ouvrit les yeux : le maïnate était là, frottant légèrement son bec sur sa main. Ils se regardèrent. De sa main libre, Philippe attrapa une figue dans le plat qu'il avait posé par terre et la tendit à l'oiseau, qui ne tarda pas à y planter le bec. Sans se presser, il mangea une bonne partie du fruit. Lentement, Philippe se releva, l'oiseau sur son bras. Arrivé près de la cage, le mainate y entra de lui-même. Philippe lui dit qu'il lui donnerait encore des figues. Alors qu'il allait quitter la pièce, il entendit distinctement : « Merci beaucoup ! » Et il se retourna pour répondre « Avec plaisir » au drôle d'oiseau.

Sur la messagerie de son téléphone portable, il trouva quelques mots inquiets de la comptable. La banque réclamait des garanties, elle n'avait pas su quoi répondre, pouvait-il s'en charger ? Il alla s'asseoir sur la terrasse, malgré la chaleur intense. Après un long moment, il se décida à téléphoner. Le directeur de l'agence était absent pour la journée, son adjoint était en réunion. Il demanda qu'on leur dise qu'il rappellerait sous peu, puis il plissa les yeux et concentra son regard sur les arbres transpercés de soleil. Pour un moment, le temps s'arrêta. Plus de pensées, plus de projets, plus de peurs.

Et l'heure arriva d'aller rejoindre Maïa. Dans le coffre surchauffé de sa voiture, il prit quelques livres qu'il voulait lui offrir, et n'oublia pas le matériel qu'il avait préparé. Il trouva la maison sans hésitation.

Maïa était endormie dans un fauteuil, sous un arbre. Sans faire de bruit, il s'assit par terre à côté d'elle. Quand la lumière du jour se mit à décliner, elle ouvrit l'œil, lui sourit sans dire un mot. Il entra dans la maison, ramena deux verres d'eau.

– À quoi pensez-vous ? demanda Philippe.

– Au rêve que j'ai fait.

– Beau ?

Elle lui répondit que oui. Et qu'il était passé dans ce rêve. Philippe lui dit que ça lui faisait penser à une phrase de

Daniel Boulanger : « Il me manquera toujours de savoir ce que je fais dans les rêves d'autrui ». Maïa se redressa, lui disant que ce qui parfois lui manquait, à elle, c'était de savoir ce qu'elle faisait dans la vie d'autrui. Et elle prit le verre d'eau qu'il lui offrait et but lentement, sans cesser de le regarder, un œil triste, un œil gai. Puis elle lui demanda s'il avait faim et elle le quitta pour aller chercher dans la cuisine les plats qu'elle avait préparés. Tout en s'affairant, elle se mit à lui parler de Charles. De sa vie, des épreuves qu'il avait traversées.

– C'est lui, dit-elle, qui m'a rappelé à temps que toute vie humaine est une course d'obstacles. Et qu'on tombe souvent, et qu'on se relève. Je l'admire beaucoup, parce que c'est un homme qui se relève avec élégance et, plus encore, parce qu'il ne méprise pas les autres, même ceux qui éclaboussent tout autour d'eux.

– Il les évite ?

– Autant que possible.

Il faisait noir dans le jardin, noir dans la maison où ils entrèrent. Ils allumèrent des cigarettes. Philippe lui dit qu'il avait apporté papier et crayons. « Après », dit-elle.

★

Sur la terrasse, à midi, Philippe fut accueilli par les chats qui attendaient patiemment de recevoir à manger. S'étant occupé d'eux, il alla cueillir une figue pour le mainate. Dans le bureau, il trouva une grande enveloppe où glisser le dessin destiné à Charles et décida de le lui remettre plus tard, juste avant son départ. Puis il s'allongea sur son lit, ferma les yeux, rêva des rêves lents.

En fin d'après-midi, il trouva sur la table de la cuisine un petit mot de Charles, qui l'invitait à passer chez lui dans la soirée. En attendant, Philippe s'installa dans le jardin et se plongea dans *Corps et âme* de Frank Conroy, qu'il rêvait de relire depuis des mois. Il oublia la chaleur et, si la lumière du jour n'avait pas commencé à baisser, il aurait oublié l'heure.

Charles l'accueillit avec un grand sourire. Il l'invita à s'installer dans le salon. Philippe lui demanda s'il avait des nouvelles de sa femme et Charles lui annonça qu'il était très heureux car elle allait pouvoir rentrer à la maison dans moins d'une semaine. Soudain, une porte claqua quelque part dans la maison, faisant sursauter Philippe.

– On n'a plus l'habitude des courants d'air, fit remarquer Charles en se levant pour aller regarder par la fenêtre ouverte.

Il resta un moment silencieux avant de dire joyeusement que le temps allait changer, que la canicule touchait à sa fin.

Philippe l'avait rejoint. Il ne voyait rien de particulier mais il crut Charles. Quand ils furent à nouveau assis, Charles lui dit qu'il avait raison : son livre sur Hopper n'existerait sans doute jamais.

– Mais vous devriez en tirer un petit recueil d'aphorismes, poursuivit-il. Ce serait un beau livre de chevet, hors du temps.

Philippe ne disait rien. Il se disait que Charles avait peut-être raison.

– Par ailleurs, ajouta-t-il, il y a dans votre manuscrit tous ces croquis au fil des pages… Une chose est sûre : vous ne devriez pas dire que vous avez été dessinateur. Dites que vous l'êtes, ou alors ne dites rien.

Philippe hocha la tête et sourit. Puis il demanda à Charles si ce ne serait pas une bonne idée de passer un disque de Lisa della Casa. Et la musique reprit sa place dans la maison.

N'oubliez pas que l'homme de septembre
n'est pas l'homme du mois d'août…

13

Une journée passa, puis une autre. Le matin suivant, Philippe se réveilla parce qu'il avait froid. Par la fenêtre entrait un air qui venait d'ailleurs. Dans le ciel, des nuages se dessinaient en gris, peu nombreux, mais le vent qui s'était levé en annonçait d'autres. Dans l'après-midi, Clara lui téléphona pour lui dire qu'elle avait trouvé un billet de retour à tarif réduit et qu'elle rentrait le lendemain. Il lui dit qu'il l'attendrait à l'aéroport. Une heure plus tard, le téléphone sonna à nouveau. Pierre et Sophie, fatigués de la chaleur et des incendies, avaient décidé de rentrer plus tôt que prévu. Ils feraient le trajet en une étape, en roulant la nuit.

Philippe mit de l'ordre dans la maison, lut son courrier électronique et prépara sa valise pour pouvoir partir dès le lendemain matin, quand ses amis seraient arrivés. Il s'installa sur la terrasse et regarda d'un œil neuf le paysage d'arbres et de buissons, en attendant la tombée du jour pour aller dire au revoir à Charles.

Celui-ci lisait, assis dans son jardin, à la lumière d'une lampe qui semblait sortir tout droit d'un siècle oublié.

- J'ai une nouvelle pour vous, lui dit Philippe. J'ai reçu aujourd'hui un e-mail d'une femme qui s'occupe d'un site consacré aux chanteuses d'opéra. Lisa della Casa est bien vivante. Depuis qu'elle a quitté la scène, elle vit dans un château, quelque part en Suisse, et se porte très bien.

Charles ne dit rien, mais il rayonnait. Il s'absenta un moment et revint avec les jumelles de théâtre qu'il avait montrées à Philippe lors de sa première visite.
- Elles ne permettent pas de voir très loin, dit-il en les lui offrant, mais en fin de compte, est-ce qu'on a besoin de voir si loin que ça ?

Philippe le remercia et lui dit qu'il allait rentrer en ville, que c'était la dernière soirée.
- Bon retour et bonne chance ! répondit Charles en lui

serrant fort la main. N'oubliez pas que l'homme de septembre n'est pas l'homme du mois d'août...

Philippe dit qu'il s'en souviendrait. Il se leva et prit l'enveloppe qu'il avait déposée près d'un arbre en arrivant. Il la tendit à Charles, et Charles se leva pour la prendre. Il en sortit le dessin, le regarda longuement, sourit, et, d'un mouvement lent du corps et de la tête, salua Philippe qui s'en allait.

DANS LA MÊME COLLECTION

Marie Desplechin et Eric Lambé
Le sac à main

Franz Bartelt et Johan De Moor
Terrine Rimbaud

Achevé d'imprimer en juin 2004
sur les presses de SNEL Graphics sa à Liège
pour le compte de Estuaire,
10 rue du Cimetière
B-7522 Blandain - Tournai
Belgique.

www.estuaire.be

ISBN 2-87443-000-5
D/2004/10.229/1
Imprimé en Belgique